诗在暗处涌动。是谁

在亵渎黑夜？又是谁在敬畏光明？

没有一首诗能抵达星辰

没有一颗星辰不是一个诗人

夜色里，唯独它从不左顾右盼

而一往直前

遗

漏

真　真⊙著

暨南大学出版社
JINAN UNIVERSITY PRESS

中国·广州

图书在版编目（CIP）数据

遗漏/真真著. —广州：暨南大学出版社，2023.1
ISBN 978 - 7 - 5668 - 3520 - 8

Ⅰ.①遗… Ⅱ.①真… Ⅲ.①诗集—中国—当代 Ⅳ.①I227

中国版本图书馆 CIP 数据核字（2022）第 189175 号

遗漏
YILOU
著 者：真 真

⋯⋯⋯⋯⋯⋯⋯⋯⋯⋯⋯⋯⋯⋯⋯⋯⋯⋯⋯⋯⋯⋯⋯⋯⋯⋯⋯⋯

出 版 人：张晋升
策划编辑：杜小陆
责任编辑：潘江曼
责任校对：刘舜怡 梁念慈
责任印制：周一丹 郑玉婷

出版发行：暨南大学出版社（511443）
电 话：总编室（8620）37332601
　　　　　营销部（8620）37332680 37332681 37332682 37332683
传 真：（8620）37332660（办公室） 37332684（营销部）
网 址：http：//www.jnupress.com
排 版：广州良弓广告有限公司
印 刷：广州市金骏彩色印务有限公司
开 本：787mm×1092mm 1/16
印 张：18
字 数：174 千
版 次：2023 年 1 月第 1 版
印 次：2023 年 1 月第 1 次
定 价：69.80 元

（暨大版图书如有印装质量问题，请与出版社总编室联系调换）

目　录

··

卷一：灵魂与存在

卷二：天真之书

卷三：天真之歌

卷一

灵魂与存在

灵魂与存在

肉身在呼唤，声音微弱
黑夜里出走的灵魂
从梦境醒来又回到梦境

如果梦里不知身是客
那庄生即蝴蝶
蝴蝶即庄生

如果我思故我在
那么，所有虚幻
皆为真实不虚

一步步走近自己
清晰而又迷惑：谁在说
灵魂不存、鬼神也不存？

一种看不到的力量，是一个人所经历的
我盘腿坐在那里
看灵魂如何回到身体

向死亡告别

在无事生非或挑衅中死去
在爱慕虚荣与虚伪中死去
在自我的诗书画中死去
在愤怒、仇恨、蔑视与诅咒中死去
在贪婪、嫉妒与懒惰中死去……

来吧，收拾你内心的战场
虽兵不血刃但尸首满地
在无数次死亡中，睁开眼睛
每天，向死亡告别
走在落日余晖的路上
心要去的地方，必定是春暖花开

秋天的石榴

秋天的果实接近秋天
秋天的我，正从死亡的路上赶回

把秋天画在纸上
那晶莹剔透的石榴
你说是淡淡的草书

那挂在枝头上荡漾的草书
你却说是那硕果累累的秋

我把去年的秋天藏在心里，而今
端出一碗碗醇香的酒

金秋与金鱼

枫叶在水面游动
枫叶一样的鱼，鱼一样的枫叶

我在叶片上写了一首诗
又把它放回水中，去唐朝吧

鱼儿在水中来来回回游动
游过正午的水塘

晚秋的池边

一只红蜻蜓追逐着另一只
黄蜻蜓，掠过水面
小小的涟漪并未惊动水里的金鱼
那一串串水泡的持续

一片绿叶掉落水面
红蜻蜓驻足其中，随着光的变化
而轻轻移动

微风抖动着蜻蜓的翅膀
阳光收拢了我的影子

遗漏

把诗写在一叠纸上
与其说是诗，不如说是岁月
没有版权的岁月
先放着吧，让时间再沉淀一下
灰尘厚点又何妨
拍拍它，拿起就可以诵读

诗歌，一直记录着
不管岁月怎么流逝，或有所遗忘
它唯一没有遗漏的，是黑暗

在名声之外

被贴上好名声的标签
人一旦有点劣迹
总需费尽口舌作各种辩解
虚假与真实本是一对孪生兄弟
谁先开口谁就必须沉默

那些困扰你的事，它不是事
困扰你的人，他不是人
困惑你的困惑，它不是困惑
你总算已活到于无声处
在名声之外

立春

一声鸟鸣推开春天的篱笆门
带来另一个季节的芳香
清风，送上一支芍药
蝴蝶，上下齐飞

在河之洲
东门之外，铜管歌声悠扬
蔓草丛，有美人走来
手捧一撮荑草

妈妈你听

妈妈老了，变得沉默
嗓子嘶哑了，不再歌唱
用身体来抵挡山洪的柔弱的妈妈
思念你时，眼泪也一起出走

那趴在墙上涂鸦的诗人
是你亲吻过的孩子
你曾约定春天回家
去那油菜地继续劳作

妈妈你听，南山之上鸟鸣嘤嘤
那南山之下，殷其雷鸣
妈妈呀妈妈，要下雨了
一声喷嚏，瞬息间已满地黄花

再等一等

在雨与雨的缝隙间躲雨
迟到的车辆没有歉意
母亲老了，变得唠叨
孩子大了，变成夹枪带棍的玫瑰

当青春撞上更年期
叛逆的孩子也没有了叛逆期
——再等一等
青涩的果子，还没有向秋天低头

书画世界

我从不扔弃任何一个画面
它们是一面面镜子
照着每个当下

当灰色或更沉的色调
不断地出现在纸上
你知道——
我从未错过黑暗

清明时节听鸟鸣

黑夜里的鸟叫声忽远忽近
它为什么不睡
难道没有巢穴，或是迷失了方向？
我不知道，但我能听得出它的哀伤

听说，人逝去了会变成一只鸟
那只鸟一定是我的妈妈
它用鸣叫呼唤着我的名字
我感受到爱的存在与泪流的喜悦

钓者

老者钓鱼的动作如同绘画的动作
反复点线面，皴擦染
重复而又简单的动作

我们渴望美好，在不断地劳作中获得
我们追求爱，在不竭地追寻中散失
我们的梦想是一致的，无一例外

我们看着虚无的钓竿
钓起一串水泡
随即隐没在渔舟唱晚的歌声中

下落不明

一个死而复生的人，与爱人言归于好
一个被劫绑于马背的少女，在挣扎中求救
陌生的他们怎么会出现在我的梦中
我的目光始终落在牛背上
不知道梦为何物

碎片化的梦境
如我碎片化的人生
我会因它醒来而困惑
也会因它瞬逝而忧伤

在她声音的脉络里
我已下落不明

面目皆非的碑文

掉进缝隙的人
从透光处听那远古的声音
毛笔，在还原每个汉字的原貌

一个个汉字躺成了一片废墟
没见一个人，从废墟边走过
但隐约有千军万马的纷纷扰扰

谁坐在废墟的尽头，点燃了一支烟
在火光泯灭时，我看清了
它横在心间的刀口

写生

在西湖边写生
墨色如海岸线在不断延伸

水鸟伸长脖子低头喝水
拍打着翅膀，又向人类走近几步
我爱它那悠闲自在的恬静
也爱那小渚后面高耸的五棵松
以及松树后面的远山
和远山上的雷峰塔

远山之下，有炊烟袅袅的村庄
相见语依依的农夫
篱笆上站着一只会说方言的八哥
刚一张嘴，就把我们带回宋朝

因为你年轻

你爱吗？为什么说难而退缩
你胆怯什么——
当你知道
恋爱是一种神秘的状态
所有主观都会在自我忘却中消失

去爱吧，因为你年轻，一切可以原谅
因为你率真，一切可以照见
一颗年轻的心，可以舍弃一切

八大山人的石镜

从镜中，看到你低垂的眼
额骨长出的眉毛已落两肩
躬背坐在蒲团上画画
画面只有黑白灰三色
这也是我喜欢的色调
你画的花鸟山石，能照见日月星辰

你说石头是面镜子或漏洞
我却是那漏洞中飞扬的一颗尘埃
每当驻足在你的画面
就想居住在你黑色的血液里
我若爱着苦难，苦难就是你
暮色中，寺院的钟声已敲响

建筑工棚

脚手架架起了许多空中梦想
但建筑工仍然居住在工棚里

一颗心若能安放，便是净地

贺姐

贺姐今天要回深圳了
她是个热爱生活的人
摄影、美食、旅游与徒步是她的至爱
当然，她还很会夸人
每天，至少把我的书画夸上好几回

我总是活在她的口碑里
而那些诗书画本是无用之物呀，姐姐
你难道不知道无用之用方为大用吗
哈哈哈，你看我那琴弦已落染灰尘
如今，它也就是个摆设物

我知道内心的宁静与喜悦
一定来自对美好事物的热爱
正如你喜欢采摘风云
把它们装订成册，你说
风与云，可以慰藉心灵

小胖

你所说的那些烦恼，只不过是自寻烦恼
每个人都想拥有自由的灵魂
而每个人又是离自己灵魂最远的人
也许，优越的生活
使你在懒惰与怯弱中渐渐失去自我

人，一旦认识了自我，便会为之付出代价
正如文城里的林祥福
他认为的溪镇就是文城，而又并非文城
但它已成为他心目中的乌托邦
为此将生命托付给它

他知道，一个敢于走自己道路的人
一定有颗舍弃的心

不弃

如果要寻找诗歌
你得拥有宁静
一颗悠闲的心
总能发现美好的事物

那些细小的事物
是被忽略了的美
诗歌，是简单的
我不能说出它的秘密

正如你也是简单的
但我不知道你要走向何方

天真

天真是浑然天成的，笨拙可爱之状
天才与伟人，他们是天真的
如同喜欢棒棒糖的孩子
不管棒棒糖变成什么模样，哪怕在卡通纸上
也会情不自禁地伸出舌头舔几下

他们生来就是孩子，天真不失真
有的人穷其一生只为修得天真
可天真离他们越来越远
天真是一种境界
蜕变是一种高度，山峰也是
而它们，正是你的痛苦

秋天远了

秋天远了，天变凉了
朋友，你还会回来吗

一声叹息
有人魂归故里
有人远走他乡

诗人

一个在时间里缄默的人
还在滔滔不绝

你已不在，又仿佛站在我们中间
你是异类，朗朗乾坤里

我们充满忧虑
你在它阴影的背后悠然自得

冬月的下午

冬月的下午，阳光明媚
微风摇曳树枝，小鸟在枝头跳跃
偶尔叫上几声，又嗖地飞走
正在装修的邻家，敲敲打打
噪声，掩盖着隔壁马路上呼啸而过的汽车

我抄完了一遍心经
影子跟着我出来晒太阳
一只白蝴蝶飞过菜地
停落在妈妈积雪的头顶

孩子般的五月

五月来了
牵着手，拽着衣角
还带着布谷鸟的叫声
丰盈如一个通透的孩子

因愉悦而豁达的
也许并不缘于饱读诗书
而只是天真无邪

黄梅时节家家雨

一声鸟鸣
晕开江南烟雨的画面
仿佛有人撑着一把油纸伞从桥头走来

一个晴空万里的天空到底离我们有多远
你说，失恋的天空，也许只差一次爱情
你仰着头掰着手指，计算爱情最后的距离

给你

我打包寄去的思念
是取之于洱海的墨

一个被书法眷顾的人
已藏身于金石之气的碑文中

你若爱过

你若爱过，一定知道
爱是什么
那困扰你的爱不是爱
爱是没有痛苦的

正如黑夜里静静等待开放的
昙花，当它盛开
当清香把夜色抹上
一朵自由开合的花

自由舞蹈

爱上一个舞者并将拥有她的
高度，和不可缺少的翅膀

大地上，有一个孩子在旋转
在舞蹈，也是在等待别样的怀抱

鲜花与牛粪

把鲜花插在牛粪上，鲜花会怎么想
鲜花越来越美丽，牛粪又会怎么想
鲜花是美的，而牛粪也是美的

牛粪是营养与燃料
那鲜花又是什么呢
我们爱着牛粪，同样也爱着鲜花

满天星

萱草生在孟郊的诗里
静谧而又忘忧地笑着
在我的画稿里，身边
爬满它众多儿女的，叫满天星

满天星是不愿长大的孩子
满天星不是天上的星星
满天星是——
思念妈妈的泪痕

爱上这里

高原无处不在的格桑花，盛开
美丽的风景，还在不停生长
宛如一个孩子般的诗人

当你爱上这里，心就回到了心上
它，离天堂最近
我的耳朵贴在上帝的脚趾上

爱着黑夜

给你一个梦，你就能找到快乐
谁若有梦，谁就居于天堂
快乐是短暂的，也是永恒的

我爱着黑夜正如我爱着你
凡黑夜能征服的，爱就能征服
我不相信黑夜里没有光
是光一直怂恿我爱着你

我的心

我在虚无的日子里充盈
在艺术中觉醒，而觉醒就是自由
是生命毫无保留地展现，从而获得的自由

一草一木，一鱼一鹤，一山一水
都是我不眠的星空
我的心深深埋在它们的生命里

消失的爱人

冬天，寂寞无声
而世界一片喧哗

雪花飘落在上学的山路
孩子们冰冻的嘴，如紧握的拳头

一个老师消失，一朵云消失
一个哑巴消失，一道光消失……

消失的爱人呀
我一想到你，就泪流满面

回家路上

车，越来越多
路，越来越窄
我要去的地方拥挤，塞车……

天堂，隔河相望

在情人节

我必须在情人节对你说
我爱你，我怕以后的日子说不出口
亲爱的，你会出现在我的梦中
能吃到你做的红烧肉与蒜蓉茄子
还有黄焖鸡与牛肉丸……
你说做这些菜太简单
每当我醒来，却看不到你的身影
我知道你藏在带露的丁香花里
藏在一口很深很暗的古井里

亲爱的，也许我的言语伤害了你
但你的粲然一笑，帮助我
恢复了记忆，恢复了对爱情的记忆
你金属般的声音轻轻地落下
在我的心坎烙下爱的印迹
也许你不确定你爱我
但，我们总会在梦里，不期而遇

灰塑与国画

看，那横空出世的木棉花
在有人或无人欣赏的时空里
尽情绽放
鞭子一样的树根，在地下盘旋

花草从泥土与灰塑中生出
在春天里次第盛开
美是一种力量
引领人类的灵魂向上

一个与另一个

社会转动成一个圈子
圈子里的人，活在自设的圈套里

一个人与另一个人，带着一肚子的不合时宜
始终只是看到自己的脚尖

想要跨越一堵墙
或许正是低头与沉默的那一瞬间

新年诗会

大自然是一首诗
诗是一道新的光
从树缝处洒落到我们肩上

光是一道咒语

白蚂蚁喜欢潮湿的季节
它躲藏于屋顶、洞穴、家具……
它啃食一切

毛笔勾勒出圆形的光
白蚂蚁从高处落下
光是一道咒语

行为艺术

那些镌刻在石头上的碑文
经历千年的洗礼
金石之器的声音，依旧悠然婉转

如清泉，出自幽谷
与兰同馨

扔石子

儿时，对着湖水打出的水漂
石子，从水面跃过水面
消失的童年如同石子沉入水底

——一个声音从身后传来
你别往湖里扔石子了
把我上钩的鱼儿给吓跑了

我回头冲他笑
冲着七月的湖水放声大笑
仿佛一个傻笑的少年，从夕阳里走来

公鸡

雪还在下，我画稿上的一只公鸡
在引吭高歌时，已是满天星光

行走

一个人的野性
决定了一个人的创造力

我是那只没被驯服的猴子
随性，在如来佛的手背上
自由行走

向死而生

诗歌是向死而生的艺术
诗人，似是从"坟墓"里走出来的

盲目的时代

愚人又如何获得更多智慧呢
他们似乎热爱生命
但从不遵循自然法则
他们似乎赞美过细小事物
却从来就忽视它们的美

盲目的时代
培养出的又一代盲人

成熟

你从未见过成熟的果实
也从未见过成熟的我们
半生半熟的秋，如同我们半生半熟的人生

高原的烈日正在驱赶最后的甘甜
走进千家万户

九月的歌声

九月蔚蓝的，是你的歌声
和风吹草低见牛羊的牧场
羊群跑下山冈
在河边低头吃草、喝水

九月的牧场盛大
九月的马头琴从不停歇
从日出弹到日落
歌声，与我的马儿并驾齐驱

虚度光阴

白色的马
卧在洁净的槽房里

我的脸贴近它的脸
我的手抚摸着它的鬃毛

它的尾巴在后面摇摆
我们呼吸着各自的呼吸

北风，别打扰我们的安宁
我只想和它在宁静中虚度光阴

风景

一个将果实酿成美酒的人
已遁隐深林

一个说出秋天秘密的人
已远走他乡

高原的石榴

秋天的石榴红了
歌声吹过采摘果实的女人
吹过，被背篓压弯背的男人

果实堆成了一座座山
丰收，是看得见的幸福

战争

战争来了
你，逃往哪里，哪里都有危险

它用暴力拆毁一切篱笆
使人们的保障变为荒场
人们因它的罪孽深重而饱受痛苦与折磨

上帝啊，请你收回它的呼吸
让它在黎明前，归于尘土

一只鸟与另一只鸟

夜晚，一只鸟在叫
我不知道它为什么叫
声音充满顾虑与忧伤
我不知道春天的鸟，会有这么多痛苦

我不知道，另一只鸟在高空呼救
下午，我没有听见，母亲也没有听见
鸟儿，摔死在山谷，唯有
一片羽毛落在山腰

伙伴

一条鱼死于立冬之日
变成一只蝴蝶
在菜花与鱼池边飞舞

另一条鱼，侧着发亮的身体
用极快的速度
吞噬，水管上的青苔

有趣的灵魂结伴而行

来大理游玩的客人
对着洱海苍山发呆，读诗、喝茶、聊天、赏花、玩牌……
惬意的生活就是这么简单

长桌上丰盛的晚餐
有客人亲手做的啤酒鸭

酒席上
我们学着李白举杯邀明月
静谧中，月亮悄悄地坐到了我们的身边

临摹魏碑

凡是你所恐惧的，它必定会来征服你
正如书法，我曾拒绝书写
爱上它，只需要一个瞬间

魏碑，如同一个睿智的老者
正襟危坐或天真无邪
诵读书写，岁月无声仍光芒四射

你若寻求美

有什么比退化了的人更丑陋
如果战争必须存在，美必定会消失

爱与美在哪里呢
在宁静的鸟鸣里

爱与慈悲

日光之下还有罪恶
有的，恶能作一切恶

但我始终希望你能成为善
一个心思缜密的恶人
除了作恶，还能做什么

凡是对生命造成伤害与痛苦的人
他们从来就不懂
爱与慈悲使一切生命存在

一个热爱秋天的人

一个人的孤独，是一群人的孤独
是九月的孤独

为什么你喜欢孤独
是我要死于孤独
死于九月的一杯美酒
倒在落满枫叶的大地上

让它如黄土，将我埋葬
如果有人从墓地经过，也许会静静地念出
——一个热爱秋天的人

我说死亡

死亡来得那么突然
当我进入医院急救室
死亡已站在门口等候

如果我死于昨天
则无须知道今天的天气
不管你活得如何精彩或不堪
无数次坚强地活着
只为了那不堪一击的死亡

今夜星光灿烂

这里站满了人
熟悉的人及陌生人
诗人因你而来
陌生人因诗歌而来
你已隐身于人群

今夜星光灿烂
你却只留下一句诗
献给陌生人的赞美诗

健康

执着本就是一种病
你若放下，便健康

恐惧也是一种病
你若了解，便不再恐惧

最后的一个下午

阳光洒在菜地、鱼池、茶杯与书本上
小鸟飞过菜地
我种下一行行的菜
如同我写下一行行的诗

下午的阳光走得特别急
还没有喝完一杯茶
我，已坐在阴凉里了

神不在的时日

善人与恶人都沐浴着光
毒蛇与孩子们在你的圣山游戏
羊与狼在你的圣山同居同卧
他们都安然无恙

明星从天空坠落，深渊里
被囚禁的女人，她说
世界如同黑夜
是的，神不在的时日
我们以谎言与虚假为避所
在自己的脚下凿出坟墓

玻璃夹缝中的母鼠

你委身于玻璃夹缝，却囚禁了我的心
我不知道你怎么会待在这里
正如你不知道我会帮你打开一扇窗

你无动于衷，正所谓善于无惧
静静地注视，相互打量着对方
也许，这里比地洞温暖，可以晒到太阳

冬天的阳光照射在玻璃上
它蜷缩的身体下，发出
一群幼仔的待哺之声

三八节这天

三八节这天，我在但丁故里
看到了贝雅特丽齐，美丽优雅
如同阿尔诺河，宁静徜徉的河水

在佛罗伦萨大教堂边
有几个微笑的女人，窃窃私语
慢慢地拌动着，手中的咖啡

米兰的忧伤

一颗被掏空的心，是一座空城
一个人静立在
米兰大教堂广场，聆听
上帝的声音

慈善的母亲，我忧伤于你的每次微笑
而那迎面而来的笑脸，又在风中消失
笨拙的钟声敲响了
米兰正午的宁静

四月的火中

母亲曾经对我说，不要为生活流泪
哪怕是生离死别，也不例外
从焚烧的火焰里，我看到了你

起舞的灰烬
如钻石般沉眠的亲人，今夜
有光芒降临，并非泪水
而是满天星辰

你就是天使

在冷漠中热情或在愤怒中宽容
这都在情理之中
人生不过是一场过去与未来的较劲

你能让你的心，变得柔软
你就是天使
信吗

人类的智慧

人类的智慧，是从认识自身的卑微开始
无可言说的苦与乐，与爱有关

果园里盛开的花朵，只为那
低头时的丰盈

2018 年元旦

我们怀着对神的敬畏
感恩神赐予我们每个虚无的节日
单纯的双手，允许朝拜空洞的言辞

尊贵的来自卑下
善人接受不善之人

如果我们，将理解变得容易
那么，新年阳光照在身上
应该是温暖的

被劫持的年

小寒寒过大寒
一个被劫持的年
一夜之间，疯狂漫过屋顶
贪婪有着熟悉的套路
隐藏得深的暴露得更加凶猛

谁守住了心，谁就守住了幸福
拦路抢劫的人，向机场涌来
飞机，起飞了

草说真理

雪越踩越黑
真理不是白的
你见过的光明从不说光明
正如黑暗从来不会说它是黑暗

一颗腐烂的种子
即使到了春天也不会发芽
蔓草被疾风吹倒，墙头草
倒在墙边

影子越来越清晰

晨光，温柔了冬日的倒影
所有生命都被影子复制
语言也不例外
比羽毛还轻的言辞
粉碎了坚硬的谎言

防卫，在夜以继夜日的持续中，散失力量
粗暴的人，必定有着粗暴的灵魂
——阳光下
影子越来越清晰

带不走的孩子

踩踏过的土地已成坟冢
田埂、菜地、小溪、荷塘……
都能见到你躬身时的身影
母亲，我多想孩提时候
依偎在你的怀抱，仰头望着你

妈妈呀妈妈，天堂里的妈妈
我是你永远带不走的孩子
一个带不上天堂的人
必定在人间备受煎熬

无形的手

内心的火葬场在不断地焚烧
死亡在想象中变得更为可怕

坐在诵经寺外的台阶
心，被慈悲轻轻抚摸

水中朽木

迂回于生死旅途，朽木
矗立在水中
它不知道，为何站立成一道风景

它不屈于岁月的侵蚀，我愿是你
脚边那撮水草，守候你
岁月静好

人生若只如初见

从七月流火到九月肃霜
我从未改变，早晚退步而行的习惯
迎面而来的陌生人，笑得那么无邪
我们如相识已久的朋友

聊着一些熟悉的话题，不知不觉
来到她家菜园子，我们
弯着腰，谈笑间将辣椒摘满篮子
又把割好的韭菜
堆成一座山

十六的月亮

你说生活很无奈，就像剥洋葱
不知不觉间泪流满面
人生是一场从零到零的过程

你说鸟儿飞走了，它还会回来吗
花儿开了，也即将凋谢
可是，今晚的月亮一直挂在天上

走进金秋

走进金秋，犹如走进天堂
寂静的道路上只有我
从日出到日落

我反复唱着那首晚秋的歌
如同反刍着草的牛

金黄的树叶如堆积着的黄金
弯腰拾起一叶，在手掌
慢慢地揉出一根骨头

无知与漏洞

一个匠人必须精心于他的手艺
锯、劈、刨、钻、弹出墨线……
匠人拿起一根木头，闭上另一只眼
将它劈成他想要的样子

你说做木工与写诗一样
发现无知与修补漏洞

当我最后一次看到他时
他正弓着身子
在天堂修理栅栏

看到了

退与进，藏与露
它们在恰到好处时出现
它们在某个转弯处静候
待你回首，那嫣然一笑

谁说退一步海阔天空
而我们只会在盲目进取中退步

一个人的自我
是在自我膨胀中更加自我
从你执着的骨子里，已看到了痛苦

卷
二

天真之书

一席之地

你在喧嚣中抽身离去
在夜晚白色的轨道画上句号
一声轻叹让生命走远
你如静水般躺下，人间一切恐惧、痛苦
在宁静中显得喜悦

九月，你像含着糖走来的孩子
仿佛昙花在黑夜送上无声的微笑
脚步潮水般涌来
你无法阻止一场尘世的悲伤
你早知世人的灵魂无处安放
去往天国觅得了一席之地

窗里与窗外

你收集满地黄叶
仿佛收拢一个季节
在一根火柴的煽动下燃烧
灰烬在无尽的孤独中闪烁着

窗前，一棵树遮住了天空
天色突然暗了下来
雨水纷至沓来，拍着树叶
奏出一首秋的哀歌

我坐在昏暗的窗前分辨着
窗里与窗外的黑暗

月是故乡圆

你在我处寻找我
藏在石头里的光芒

我在你处找寻我
迷失在沙滩里的纯真

囚禁的血液又梦见了故乡
月光拍海的欢腾
涌向四面八方

记忆在散失

忧郁的日子里
我读着你的诗篇
铿锵的句子记载着过往
生锈的记忆在日月的打磨中散失
反复诵读又不断忘怀

我恳求神灵赐予我孩童般的记性
对上帝的颂歌无愧于遗忘
时光流过石板如我衰退无痕的记忆
我知道，生命随着忘性而消失
但坚强的人仍在你的诗里坚强

沉默于永恒
真实于尘土般的瞬间
在这首诗外
灵魂充分了解宇宙间的无限

十月的第一天

十月，诞生的季节
笑声从午睡中发出
像呱呱落地的孩子

阳光穿过树枝透进窗户
舔着我握笔的手
枝头的麻雀朝我不停啼唱

去吧，去那锄地的人那里
嚓嚓嚓，一直向前挖掘
荒芜转眼变成绿洲
短促的喜悦由远至近

我要去开荒，去写下一首诗
听黑夜回响的歌声

十月的第二天

午后阳光捏成团抛在玻璃上
如轻轻抖动的蝌蚪
卡在树缝的手在风的牵引下
送上祷告

鸟鸣像谷种洒落
在水洗牛仔布的天空扎根
太阳渐渐退向身后

人们匆匆归来的脚步敲响窗台
在镜子面前抚摸饱经风霜的脸
因度过无望的一天而忏悔
喧闹在光的退隐中复归寂静

十月的第三天

游子归去
时光仍在不停飞行
母亲的心渐已掏空

十月的风扭转
碧空如洗
万里无云

浊者

我喜欢静坐窗前
看对面红色琉璃瓦屋顶
一块瓦覆盖着另一块瓦
如同每个覆盖的日常

空房子，阳光照样普照
小鸟三五成群，在瓦片与烟囱上
它们从未因恐惧而惊飞
恬静地享受大自然的馈赠

事物在宁静中呈现着美
我们宛若翻转海底尘泥的小虾
混浊伴我们无涯

情

他们有索取的习惯
维系他们的不是爱而是脐带
阴谋与谎言构成爱的迷宫
也许这样她才如此爱着他们

黑发染上了岁月的盐巴
在风中飘拂如即逝的青烟
朴素的形象依然朴素
母亲微伛的背影
在言谈中一闪而过

未来已来

沿着撒满红糖的道路
目光在交汇处转弯
冷漠灼痛一颗怜悯的心
脚步在黄金路上紧逼时间

而你如大海一叶孤帆
在风口浪尖中摸索前行
日夜吐出五光十色，编织梦想
如今——

血泪染过的海面，万颗心
已归于平静
如新世界飞越的棋子，稳坐盘中
未来如来，未来已来

爱的回音荡漾，掌声如潮
意犹未尽的人们，迟迟不愿离去

圣诞祈祷

圣光从云层透出
颂歌从圣堂响起

我默默祈祷母亲的身体
只有你在世上活着，我才更加坚强
痛苦的呻吟此起伏彼
伤痛的泪水偷偷洗刷黑夜的黑
在你面前短暂的岁月如同无有

神啊，请用你的慈爱呵护我们
在你的光中，我们见到光明
你使善良谦卑的人以丰盛的平安为乐
此刻，我仿佛听见均匀的呼吸声如诗歌袅绕

即将消失的

失去的已在启程归来的途中
不必沮丧，一切如你所愿
我拥有而我也一无所有

僵硬的宇宙，只留下风中飘荡的灵魂
孤独如冬天里的星火
烧过高山，还有动荡不安的青春
透过那升腾的火焰
我看见了我

生活简单如一声鸟鸣

舒展眉心就舒展心灵
阅人无数而不懂自己内心
无所不知的对面是一无所知
生活简单如一声鸟鸣

藏得深沉的已搁于浅滩
请把烦恼抛至风中
驻足黄昏，醒于睡梦

在黎明的一滴露水里打开自己
如同解开襁褓中的新婴
裸于母亲的掌中

一个读诗的人

水的声音，鱼的声音
在午后的流光中轮转
烈焰在寒冬燃上枝头
又在秋风萧瑟中消融
多么惬意的假日

我在花园诵读诗歌
这世间我不想拥有什么
不再有痛苦缠身
恬淡于一朵花或一片云
如同池边笑露牙的孩童

夜

沉醉的春节已将过去
踽踽独行的人生
在春天还未来到
就显现出秋天的面目

我跋涉漫漫长夜，独自守在黑暗中
不可言说的爱与恨啊
把苦痛留给挣扎的人们

倘若世间还有真情
流星已点燃，光芒
随诗歌远行

二月

花蕾在二月的掌心绽开
笨拙的锯齿锯去多余的枝丫
对于失去，大树保持沉默
如同风化的岩石剥落爱情

那是弄痛它的眼中虚空的果
在季节转身中掉落成泥
黄昏的锯子还在来回地拉动时间

睡梦中我变成一道光柱
被隐约的雷声唤醒

什么也不是

不必抱怨与小题大做
痛苦是什么？什么也不是
生命简单而又宁静
宽恕与包容如此尊贵
谁识得宽阔却死于胡同

今夜的狮子无法安眠
赤足行走的夜里遇见了你的无知
你喜欢过无数女人却爱上一个男人
你追逐的黄金与名声飞扬在风中

迷茫的人依然在迷茫
唠叨的人圈囿于唠叨
烦恼是什么，什么也不是
生活只是一桩小事

母亲说我能站起来

真相使她沉默寡言
往日的笑颜如秋叶静卧大地
轮椅上的母亲
宛若一个懵懂无知的孩童

诗歌覆盖白雪一样的山峰,抵达耳膜
她茫然不解,摇头不语
但她已读懂我流泪的眼睛

轻柔的一句话如闪电触碰我的心灵
此刻,她已站立在微笑中

母亲下午走了

谎言比真相活得长久
一声轻叹已走向天堂
她如秋叶躺在我怀中
最后的一滴泪，在眼角凝结成一生
我不忍擦去这圆满的晶莹

咆哮的痰如江海复归平静
她宁静如睡熟的婴孩
我抱紧她炽热的冰凉
决堤的泪在妈妈轻唤声中排山倒海

妈妈，有你我是永远的孩子
疼与爱是你给予我的全部
我跪在太平间的门口
冰冷的铁门隔着生与死
火焰中灰烬如你幸福的灵魂
飞舞在我思念的苍穹
无论天空多么灰暗，我都能见到你慈祥的笑容

母亲呀，有什么高过天空，你的泪与爱
大地在哭泣，苍天在哭泣
寂静中你说喜欢听我朗诵诗歌
今天我在急救室的门口哽咽上帝的颂歌

神啊，你能听见这无助的祷告
你赐予我一切又将归于尘土
你让我在劳作中喜乐，在悲痛中感受虚无

小天使

天国的小天使
你回到了神的身边
你漂亮善良，是上帝最宠的女儿
我赞美过你的智慧与秀美
我爱你是理所当然

你是所有女子中最美的一个
你丰盈的脸庞充满仁爱
你温柔的目光洋溢着仁慈
颈项因珠链而华贵

我的小天使，你慈善可亲
我喜欢在你身边安睡
尝你亲手做的食物，美味甘甜
你给我以无限呵护，因爱成病
你的声音柔美温和
如山谷清泉洗涤我的灵魂
思念让我辗转难眠

寻找你，小天使
在梦中、旷野、溪水边
在你熟睡的百花丛中
不要惊动、不要叫醒
酣睡的小天使
我全然美丽的母亲

三月的宽阔

人们通常在交流中无法沟通
真理不会在你我的战争中产生

妥协是弱者极大的宽容
而暴力像瘟疫仍在蔓延
疼痛的手臂举不起天空的一朵浮云
麻木的头颅如句号般安静
她走在三月的寒风中

你没有看见，但你已看见沉痛的背影
幸福的脸必定是那张陌生的面孔
罗马的街头早已冰雪消融

浮云

我们从母亲的阵痛中降生
母亲死在谁的手中谁就是罪人

圣母院里没有你忏悔的声音
但丁的歌声指引我的脚步
停留在天堂之门，大门紧闭
无法见到天使母亲
也没能见到庄严的上帝

我失望于每一个虚无
蔚蓝的天空什么都没有
只有我如云，于天地间飘浮

威尼斯的烦恼

没有一张脸比面具更为真实
威尼斯的大街小巷充满了神秘

依水而居的人们不得不习惯于喧哗
游艇上的尖叫已盖过屋顶与教堂

潮水般的人群像野火焚烧他们的土地
繁华并未带给他们丰厚的幸福

他们痛苦，如长在水中石头缝的水草
他们在失去，失去往昔的安宁

里斯本

三月的柔情牵着我的手
在树下看蚂蚁搬家

小枯枝漫无目的
落在漫无目的的人肩上

一只导盲犬与它的主人
在路边等红灯

阳光静静地照着
自由的我走上自由大街

空无一物

爱已变成空洞之物
还有什么可以怀恋
花凋谢在黑夜的指尖
旋转的光并非萤火
而是持续上升的灵魂

当一切复归平静
灾难又卷席而来
草地墓碑发出喃喃细语

谁都是孤独的行者，无一例外
宴席的座位已空空如也

未来得及

果树挂满果实
枇杷不会因你迟返而停留枝头
我爱着它，还未来得及拥抱
果实已落地为泥

它生长，并不思考
它已成为一种事实的存在
四月果实的神秘并非神秘
我歌唱它在万物中自然而然
正如我们，从一个事物
看到隐蔽的另一个事物

又见母亲

梦境中遇见微笑的母亲
她抱着一堆刚洗好的衣服走来

我低头小心翼翼地折叠着
一件件难以忘怀的往事

六月荷花

我走过了四季却走不出你的清香
我放弃了梦想仍看到你抖动的翅膀

在这静谧的长夏里静卧如藕
空心是大地对我最大的恩赐

摘片荷叶宛如摘下一片天空
让水珠滚动成诗
在天地间荡气回肠，有如你的梦

在中午淡香的荷塘边沉睡
静若湖中盛开的莲花

我要赞美的父亲

父亲如耕地的牛
犁铧是陪伴他的挚友
泥地是他一生的至爱
岁月烙下的老茧如一座高山
他是年迈的老父

父亲如一条陈旧的扁担
肩膀是他宽阔而又坚实的道路
弧度是他为人谦下的宽度
一头担着责任，另一头挑着使命
磨难与经历使他喜乐

父亲如万道光芒
他生养万物，教化儿女
我们敬畏与遵行他的道
将公义、慈爱、平安洒向我们
他是全然的父，我们要赞美的神

十一月

我看见一朵花在墙角盛开
我听见一种声音从高空落下来
我如同一颗秋天的种子
在冬天长出耳朵，聆听春天的欢唱
我的触须触碰梦想的天花板
一片浓郁在季节迟到的钟声中蔓延

有人说黑夜有的白天也会有
只有在白天徘徊的黑夜听见
它们在门外像猎人一样瞄准门缝内的人
射击墙角的那朵花
它们无法带走一朵花的命运
白天终于像平安夜一样过去
宁静如同四季平静的秩序

书

我保持一种盘腿的姿势
一直面对自己的心灵
我看到你的童年、青年与中年
翻过的日子有你闪过的身影

停顿的时间
是你的灵魂在摆渡

树

邻居要伐了这棵大树
伐木工不知从何下手
邻人的心思如那密集的根须

砍了它，这里会阳光充沛
木头可做成一条长板凳
坐在它站立的地方喝茶
他的思想被嘭的一声切断

树倒了，树心空了
失重的心
如根仍在暗处爬伸

雨

雨，从昨天下到今天
从去年落到今年
从前世降到今生

然而，一个喷嚏
你已转身
站在阳光中

空

请在百无聊赖中保持平静
请在轮回的诵经中轮回
束缚打坐的腿
并非束缚自由的心灵

为何越是要放下的
你拎得越紧

日子犹如夜晚的雪
层层叠叠
洁白的世界就是空

十二月

血染的太阳已日渐苍凉
涨水的井在黄昏时平静

溺水的灵魂爬出水面
坐在夕阳燃烧的山峰

活人的墓志铭

从小喜欢将泥沙堆成一座山
堆高了又抚平
游戏在反复中找到乐趣
童年不知道为什么那座山就是一座坟
日子一天天流进坟墓
长大的坟埋葬着一个人的一生

正直、善良、坦荡、无私、随和……
都是他们想要的名声
墓碑上全写上他们生前是个好人
他们在世上没有做过任何卑劣的事情
大地深处隐约传来忏悔的声音

水鸟

一只水鸟漂洋过海
在异国他乡闻到故乡的味道

它遇见的陌生人多过它熟悉的人
它并未因此而忧伤

它在言语中迷失过去与未来
在寂静中走过大街小巷

水泡

鱼儿，你上来吧
和我一起坐在阳光下看书
鱼儿吐出一连串气泡
又静卧水中

如同人层出不穷的思想
消失又衍生

雪地

火车的速度赶不上追忆
时间留下的也无法带走
虽说没有谁为谁停歇
但脚尖所指的是家的方向

来去匆匆如一场雪
窗外的景色在同一颜色里变暖
单纯的白色如同单纯的友谊
远去的身影如片飘忽的雪花

看得见的幸福

冬天在寒冷深处变暖
寂静将心结打开
白天失去的夜晚悄然回来
生命也是如此

虚无的世界
痛苦比空气还轻
上扬的嘴角是看得见的幸福

在寒冬有什么比晒太阳
更让人满足的？
有人坐在池边观鱼
有人坐在花园里读诗
蝴蝶飞舞，穿梭于蓝天

善

善如一首诗
一首从未写好的诗

从不知道

你从雨帘走来
又从地面消失

你清晰的脸我无法看清
正如我从不知道自己的模样

宁静的马

时光在沉浮的长河荡漾
诗歌在琐碎日常里呈现
马蹄停歇在空旷之地

那个恬静无为的人
在慵懒无聊的日子里仍保持着平静
犹如一杯茶或一首诗
在热爱中呼之欲出

任性的父亲

母亲在世时
父亲总是说"我会走在你前头"
母亲笑笑就走了

父亲变得愈发苍老
如同墙角陈旧废弃的犁铧
那是他亲手打造的
如今不过一堆朽木

父亲老了，拄着拐杖
牙齿掉了，还喜欢吃糖
父亲是个任性的孩子

玄机

聪明人掉进自己挖的坑里
活埋的是一段耻辱
谎言蔓延了道路，尽头只有死亡

谁走过荆棘丛生，周身完好无损
谁又在朗朗乾坤背后冷笑几声
一个转身却空无一人

哑口无言

不谈政治，它是一团雾，化不开你的迷惑
不谈诗歌，它是一种情，欲罢不能
不谈旅游，它是一段路，让你魂牵梦绕
不谈论爱，它的确虚无，不及一次深情的拥抱
不谈仇恨，它是焚烧的火，时间是平复的水
不谈离别，它是那么的无奈与无常，谁也跳不出的忧伤

什么也别谈，谈什么都会让你哑口无言

大理诗国

苍山是一首无题的古诗
洱海如一行无字的诗句

我从虚无中来
只为朝拜你洛神般的静美

大理国的诗
诗国的王

缅怀

诗人死了，
我们还活着。
他所走过的路，
我们一再重蹈。

诗人死了，
诗歌还活着。
读他的诗如同诵读经文——
"朋友要一生才能回来"。

九月哦九月

九月，扭伤的脖子活动自如
折断的翅膀在清晨愈合

神性的河流汇成一句箴言
吃多不长胖，天天好睡眠
石榴花红了又红

九月，我坐在神的身旁
石头落在脚边

无奈

你翻越一座大山，仅用了一天
我翻越你的心头，要用尽一生

穴位

一个人就是一座城
百会与涌泉贯穿城市
我因无法抵达而失眠

左右捻动针头，经筒
是活佛手中来回摆渡的灵魂
生命在无数次超度中重生

诗歌

我是我自己的病人
我是清楚自己病灶的医生
我知道，那些曾经蔑视的
终将会把蔑视还回来

我学习诗歌
不是为了医治别人
而是为了拯救自己

落日余晖

一意孤行是你傲慢的本性
毁灭只在瞬间
五指如五座山峰
在山崩地裂时我们没有逃离
紧握的只有空洞与虚妄

我们茫然如一片废墟，叹息
隔岸的落日余晖

秋天的果实

秋风中摘下一条蒌蒿
艾叶和蒿草难以分辨
我不需要分辨
它们都是我喜欢的植物

艾蒿在风中摇曳
我在劳作中愉乐
秋天的果实高过秋天
芳香漫过村庄与河流
我正走在低窄的田埂上

假日玫瑰

假日的晚秋更加辽阔
有人在看书、散步、唱歌……
有人在院子里修剪花草

盆中玫瑰熬过长夏，踏尽秋霜
所剩无几
我躬身倒腾着花盆
培土、压根、剪枝、浇水……
沙沙的声音充满生机
被水与泥土滋养的花朵
脆弱中透露出热烈与和平

平静的一天
像玫瑰一样燃烧着大地

生于玫瑰

生于一滴血或死于一朵花
没什么不同
一个是血液里长出来的花
一个是花中生出来的血
它们意喻着生命与爱情

你爱着的，爱已消失
消失的爱，仍然爱着
七月的河面没有波澜
只有一束玫瑰

当你伸出手时
你已隐身于水中
紧握的只有虚妄

你还爱着吗

夜深了，你为什么还不睡
还在爱着吗？是的
你一无所知地被我爱着
如同母亲怀抱酣睡的婴儿
如同深深爱着的仇人

你是我的亲人，骨子里的刺
我是你的刺，骨子里挑出来的亲人
我枕着你的爱失眠，诗歌
我枕着你的爱入梦

小雪

雪地的种子腐烂或发芽，而
心底的爱在痛苦中盛大
感恩的手伸向天空又回到大地
紧搂的双肩如两座落满雪的梅山

小雪的南方没有雪，喜欢雪
去北方，母亲、哥哥全在那里
他们在雪地里劳作
把雪铲向两边，一条通向
天堂的诗歌之路
在每场大雪来临之前，响起
上帝的颂歌
他们又把雪堆成众多亲人的模样

来去有序的世人啊
你们个个都是，被上帝
捏造的雪人

我们

我们不断追求的
正是我们即将忽略的幸福

夜深了
痛苦随之而来，而我们
只配拥有痛苦

孕妇

葫芦藤还在向上攀升
满架的花朵如一群大地的孩子

一个姑娘在瓜熟蒂落时已身怀六甲
白皙的面容夹带羞涩与欢欣
我从瓜棚静处走来，采摘
季节的丰盈与孕妇眼中的喜悦
她不时轻抚腹部，宁静中
她又侧耳倾听
胎儿戏水的声音

但他说过

你的聪明与智慧引领我，我走在愚蠢的路上
我的无知，是我活着的唯一标志
我没有名字，我的祖先也没有名字

但他说过
朱门虽富不如贫
清贫是我的全部

她是快乐的

走，散步去
在天黑之前送你回家
这，听起来多像朗诵诗歌

缪斯一样的女神，她双手总是背在背后
如同把烦恼扔到身后，她是快乐的
二十五岁后已把更年期交付给了丈夫
她带我走过草地、鱼池、游泳池及装修工地
我们好似两只无忧鸟
在林子里转悠了五圈

当我右手推开院门时，夕阳推了我一把
黄昏，我先你一步到家

悼诗

一声孟浪，诗人啊
天地为之久低昂
这个时代的人们内心已泣不成声
而你哭出来了

诗人是罕见的，稀有的
炉膛的火烧得正旺
却没人为你打造王冠
在尘世没有获得的荣光，在上帝那里已获得

诗人啊，你匆匆地走了
我们还未来得及相识，却已告别
诗歌如同血液奔腾在体内
我们有着同样的歌声、夙愿、命运与诗歌血缘
而你却是我平生的遗憾

诗人啊，你说过
时间就是解放我们的那个人，那么
黑夜要带走的白天留不住
死亡要带走的诗歌也留不住

疼痛为我们缔造了伤痕
大雪为诗人裹上了新装
出发的悲伤像落叶一样
融化在大地上

梦境

那个隔断红尘三十里的人
还在我耳边说话
他翻越的山头并未留下他的足迹

也许，那个从山上下来的人
带来他的消息
经过家门时，借故问路
仍不时回望
灶口的火苗舔着漆黑的锅底
散发红烧肉的香味

母亲的笑脸在一闪而过时
留下空寂
而山下静立的两匹白马
白色的尾巴还在摇

父亲啊，父亲

父亲啊，父亲
我擦干这把泪
在今年写下明年的诗
我要让你听到，我要让你带走
父亲啊
你像座被炸毁的城
氧气罩还在你的脸上
眼睛盯着天花板
喉咙里的痰站在咆哮的山冈上
手背上插着钢针
居高的药水要挤破血管

父亲啊，父亲
强悍的父亲，儒弱的父亲
你有着山一样的风骨
枯瘦如柴的父亲啊，我知道
你无力的手带不动这首歌
你听得到那甜美的声音，是母亲
年轻时你爱听的歌声

一张纸

我们相识于多年前的一个墓园
携手站立成一块碑
在天与地的挤压下，我们缩成一个点
相爱并不需要言语

多年后的相视一笑
一点星火，从未燎燃一片星空
黑夜让爱情走得更近
更近的爱情如今已走得很远

凋谢了的不是你我，而是夜色
它钟情于昼夜的虚无与燃烧
在灰烬起舞的日子里
我们已长出翅膀

不知道

跟在一个人后面
他将父亲推上一个山坡
又跟在一辆车后面
他又将父亲拉下山坡，难道
从生到死只是一个坡度的选择
从死到生也只是一把灰的演变

人们匆匆地来，只为
三分钟的一次默哀
人们静静地去，只为
一次忙碌的旅行

我盘腿坐在那里，静听尘世的声音
你说，这个世界
除了爱你还能做什么

我爱着你的虚无

我爱着你的虚无，如同
虚无的你爱着我
你无知地死去
死去的我仍无知地活在世上

每个起舞的梦里，你并非主角
而我一直都是主角
每个驻足的墙角、窗口、马路边……
总有一双怜爱的目光注视我

无声，敲疼一声叹息
自此人生剩归途
父亲，消失在灯火阑珊的尽头

送葬

八个肩膀抬着一副棺材
八双脚朝着一个方向
唢呐声、鞭炮声打破村庄的宁静
出殡的队伍披麻戴孝
白色的河流走走停停
穿过村口、农舍、土地庙、庄稼……

我们跪在墓穴前
道士击盆而歌：
荣华富贵过眼云
前辈音容刻后生

他一手把钱财紧揣怀中，一手
又将大米撒向空中
祝福降落墓穴，还有
裹尸布下跪着的人

何其相似

我听过人类最美的声音
与清晨的鸟鸣何其相似
那是最后无声的哭泣与最初响亮的啼哭

你未见过的二月

一曲高山流水也没遇上你，你是在
流莺的叫声中，还是
春风又绿江南岸的岸边

二月，你未见过的二月
如初生儿般趴在母亲的胸膛
乳汁流出了春天的颜色

婚姻那根线

一条红线
从湘江牵到珠江，他们曾信誓旦旦
执子之手，与子偕老

时间让他们把它塑造成一个儿子
日子在平静中过去
在争吵与鸡飞狗跳中过去
他们在彼此的伤害中，伤痕累累
她曾是他的爱人、妻子、亲人、陌生人……
他曾是她的恋人、丈夫、友人、仇人……

与其说他们是相爱男女
不如说他们是相亲的仇人
分崩离析的婚姻，他们的手
紧拽儿子那根线
线头系着母亲，线尾牵着父亲

三月你见证了

三月，你见证了我的愚昧
把猫儿、狗儿赶走，把花草踩踏

三月，你见证了我的平庸日常
把菜地的菜花摘下
把发黄的叶子剥去，又埋在土里
把鱼池的水放足，鱼食洒在水面
看鱼儿吞吐水与食物

三月，你见证了我的呼吸困难
失眠的夜晚我去过很多地方
还见过很多人，包括天堂的亲人

三月，我睡了，在万花丛中
醒来时，已是日暖鸟声碎

四月离歌

曼陀罗花开的幽香
是诗人走过时落下的诗句
一个季节深藏一堆思念
一种思念繁衍无数个清明

四月，推开南山的窗户
朝闻游子唱离歌
暮色中一排排树木，如同墓碑林立

这个季节

这个季节多雨、多花、多情……
爱上一个季节等于爱上一个人
梦想随季节滋生

有人在追寻，有人在放弃
还有人在坚持
活在梦里的人该有多美

衍生的蝴蝶飞过庄周的菜地
甘于瓢饮箪食，乐在陋巷的诗人

这个季节，诗歌在流浪
你在思念，我在
青草池塘独听蛙声一片

静默

鸟鸣把我带到更加宽阔的河流
我躺在水面，听不到城市的喧哗
我知道

一个喧嚣的时代必定在喧嚣中消失
我看见消失背后的轮回
一个挥动衣袖的诗人
在野渡的春潮边
静默无语

清明的早晨

豆豆死于清明的早晨
一条十年的老狗
忠诚于主人

三个男人为它送行
用祭祀祖先的香烛祭祀他们的朋友
豆豆安静地躺在泥坑里
如它也将安静的来生

墓碑是那棵
刚刚栽下的小树

诗在暗处涌动

诗在暗处涌动。是谁
在亵渎黑夜？又是谁在敬畏光明？

没有一首诗能抵达星辰
没有星辰不是诗人

夜色里，唯独它从不左顾右盼
而一往直前

四月， 最后的四月

昨天，我去了大海
大海是花市
热闹的游客在回眸中，一笑而过

昨天，我去了大海
大海是殡仪馆
海上漂浮着一叶孤舟
在狂风暴雨中沉没

昨天，我去了大海
大海是墓园，墓碑如乘风扬起的帆
在千帆过尽的暮色中
叹息如燕子衔的那块泥
轻轻地落在地平线上

快乐的母亲

祖母走过的路母亲在走
母亲走过的路女儿、孙女、曾孙女也在走……
一代代日出而作，繁衍生息
儿女的苦乐是母亲的苦乐
儿女的悲伤是母亲的悲伤

风中的柳絮是母亲两鬓的白发
飘落在地面、水面或瑶台之上
五月，母亲复活于露珠
裸露的乳房如五月的天空
是婴儿双手弹奏的钢琴

阴瑜伽

阴瑜伽，听起来很美
它如同女人，柔弱于水
猫式、犬式、鱼式、鸽子式……
模仿，惟妙惟肖
身体与音乐随夜色起伏

薰衣草香袅袅，沁人心脾
有如气蒸云梦泽的湖面
你看不到我
我却照见了久违的自己

坚持

手机过时便换了它，这是时代的进步
失败了不妥协，这是你的进步
如果，坚持比放弃来得容易
那么，也就没有成与败之分别

什么是坚持，什么又是放弃
这并不重要，重要的是你
无怨无悔

初夏的午后

麻雀在绿叶间伸展着翅膀
雨后的鱼池边，你把污泥
一瓢瓢地倒到菜地里
又将洗净的过滤网放进过滤池
然后，盖上盖子

鱼，在下午的水中悠闲游动
我，在老子的书页中睡去

解脱

我没有见过你真正的悲伤与痛苦
你渴求心灵的解脱

于无情中，你获得了自由

可以买卖的灵魂

欸乃一声山水绿，眼前
一桌美食，一群美女

听小璐说，秘制凤爪还缺灵魂
哈哈……
我去市场买灵魂，百香果与香芹

晨练瑜伽及休息术

清晨，收割汗水
蝉声、蛙鸣及众山鸟与花开的声音
我们无数次地摸爬滚打，最后
奋力站成一个勇士
打垮的只有自己
疲惫地躺倒在海面，任海风吹拂
在梦魂摇曳的橹声中
天庭的歌声直抵耳膜

恍惚中，一个声音响起
如一束光芒从头顶泻下来
照耀我们这无边的尘埃
收回你们的意识，动动手指、脚趾……
伸个懒腰，从右边慢慢起来

我生来就是飞翔之物

我生来就是飞翔之物
在飞翔中找到你们
在宁静中寻觅自己
我停歇在每个事物的浪尖
稍不留神就掉进滚烫的漩涡

我生来就是飞翔之物
面对一条六月的河流，挥动石子
打水漂，飞过少年的梦幻
你说，失去嗓子的人还能歌唱吗？
我分明听到：有个人在寂静中一路高歌

随之而去

我的愚蠢在于我不断写出诗歌
无用的诗歌如同无用的生命
我无知地活得悠闲自得

曾一度因失眠而陷入痛苦
不能在睡前将爱放下
痛苦随爱而来，又随之而去
如今，我已安然入梦

一味柴胡

走了几条街，有不少药店
没见到一家卖中草药的
好不容易找到了，又单缺柴胡
在街对面中药老字号店找到柴胡
但，类于黄金的价格

抽屉上明码标价，那姑娘却说并非真实
要以老板娘计算出来的金额为准
马儿用蔑视自己的眼光蔑视柴胡
物价飞涨使人的心灵更加黑暗
只不过是一味清热解表的常见中药

无奈的马儿摇了摇头
尾巴在来回的摆渡中
将我送到河岸，低头
继续吃着，自己脚边的小草

松赞林寺

松赞林寺的台阶陡峭，费力
呼吸困难时稍作停歇

寺庙分僧、法、佛三座大殿
佛像林立，唐卡传神
庙为梯形木材结构
外墙赤黄有黑白图案镶嵌
游客不绝，钟声袅袅
登高临远，香格里拉琼楼玉宇，美似天宫
有神湖环绕，岛上树木葱茏

那里有一席之地，可供灵魂安放
是喇嘛为你超度的天台
来生，在诵唱的路上

转动的经筒

转动经筒，转动
七月流火，一段人生
夕阳落在指间
宛若流水漫过五条堤坝
每幅唐卡似在描述人的命运

大殿里，有人跪拜
有人反复念诵六字真经
有人将香油钱塞进功德箱
酥油灯点亮黑暗
照亮归去的人们
月亮站在香格里拉的上空，倾听诵经

火把节

这里有群玩火的人
这是一个可以玩火的城市
大街小巷都可以看到燃起的火把
人们在火中穿梭、舞蹈、歌唱……
七月的流火照亮牵手的夜
燃烧的城市点亮每张愉悦的脸

他们在跨越篝火时
所表现的胆怯、勇敢、犹豫与欢笑
他们是一群陌生而又熟悉的人
他们的幸福来自他们的简单
我确信黑夜里带来的欢乐
远胜白天带来的
比火把来得早的是节日
比节日来得更早的是信仰

夜深了，火把还在人们的手中，传递着
光明、希望、自由、爱与和平

平常的日子

烟囱的烟向一个方向逃窜
远处云山与它融为一体

我多次站在山顶,但从未爬上去
挣扎在每次攀爬的背后
是的,它太高,但我已翻越

我有幸看到自己从磨难中走向宽阔
在独处的寂静里

你是我的眼

你是我的眼
你看到的就是我看到的

有地或无地种下的花朵
有纸或无纸写下的诗歌

我只是一个盲人
静坐在黑暗里，想象满天繁星闪烁

文珍

诗人，一个多愁善感的动物
经常因一些被人忽略的细小事物而感动
比如，对着一碗热气腾腾的甜酒落泪
没敢告诉她，她一定会笑话我太过感性

其实，她早已看透，我所有的坚强不过是表象而已
像她这么暖心的朋友都去了远方
她活得很惬意，每天
看看股市与微信，做做美食，发发呆……
散步时，她总是说住在这里很舒服
我们要活过 99 岁，我说
你的寿命肯定长过我或长过红河
但我必须在生前把你写进诗中

当你孤独时可以拿来读读
一个善良温柔，正直的女人
谎言是她最痛恨的把戏，为什么
就不能坦坦荡荡地活着
是的，一颗被尘埃锁定了的心灵
既照不见自己也照不见别人

她还说月亮今晚会失眠
一位预言家通常是位诗人
一个诗人放不下一首诗

一个唯利是图的人放不下一丁点利益

她是我见过最幸福的女人
她时常说感谢主
你是主赐予我的
一切喜乐

诗与远方

给你一个视野，远方就在眼前
推窗，可取一瓢饮

给你一屋诗书，天堂就在这里
书香，墨染你成诗

你没见过

你没见过我的泪水，它如锋利的镰刀
收割一个个丰盈的辛酸与疼痛

微笑，是时间开出的一剂药
然而，你只见过我傻傻地笑
笑过青春岁月，笑过贫穷与灾难
笑过荒谬与荒芜

一亩被泪水灌溉的田野
盛满虚无

九月

九月，我在你的掌心
风动风未动
我笑非你笑
他乡，吾心安处是故乡

一颗被移植的心，在高原
长出一朵白色的格桑花

哈哈, 小小的口误

哈哈哈, 你笑什么
不是你失恋, 你当然不难过
但我没有流过一滴泪
哈哈哈, 宝贝
平静地收拾这场口误导致的残局

人类的战争是一场因情感引发的持久战争
请把握你的泪水, 该流的时候
一定要打开你的眼睛
爱情, 不管你怎么爱或怎么恨
怎么捏或怎么碎, 它都是爱
失恋如刚抽穗的稻谷遇上一场暴风雨, 成熟
只在低头那一瞬, 识得宽阔与包容
让爱在痛苦中长成

哈利·波特

人与魔的世界
邪恶与正义共存
废墟与满目疮痍的城堡还在燃烧
你听到搏杀与呐喊的声音
嗅到血腥与死亡的味道

哈利·波特，醒醒
脚镣手铐的枷锁算什么
你是魔法师，一个声音从虚空中消失
正义，在烈火中喷发
魔杖，杖毙你灵魂之魔兽

——哈利·波特
我站在谢幕的台下，向你
鞠躬致谢

午后的诗人

午后的阳光打在珠江水面
打在玻璃上，照在诗人的脸上
我揉了揉眼睛，诗人说
你在流泪吗
我，笑着和阳光一起摇摇头

歌声，在一根琴弦里掉落
英雄，你为何把喜悦深藏
首阳山下，你在招手
你在歌唱

诗人死了，爱人还在
而你在那个山上，这个山下
在你我当中，又在你我之外
坐着，躺着，背对窗框站立着
看，夕阳西下

光源

光从上方来把你召回
光从远古来把爱赐予
光从内心来把自己凝视
河畔边，你坐成一座雕像
草地上，你坐成一只蝴蝶
万安园，你站立成一块墓碑

你们都躲在庄周的梦里
打开眼睛
我就看见了你们

光年，光年……

把你写进诗里，你就成了一束光
倘若你识得宽阔，我就懂得赞美

你说没见过上帝
上帝就是光

那该有多好

如果封住一座城，能控制住病毒
那该有多好
如果能控制一颗心，不再飞翔
那该有多好

你，静静地待在一个地方
那里有山有水有小鸟的鸣唱
有孩子在雪地，堆高雪人的快乐
当欢乐的笑声穿越空旷
白雪从枝头掉落，碰到你的帽子
你会抬头一笑

如果把寂寞当成一种享受
万物也就复归于平静
在窗口凝视着苍山洱海的静默
或读一首诗，喝一杯茶的随意
生活就这样一天天过着
有如邻国相望，鸡犬之声相闻

山鸟依依

日照东斋
你伫立成我孤独的样子
望武陵人远去，独自凝眸

梅花，如雪落满你双肩
画眉鸟，依然站立在眉头
像杜甫立于泰山之上
沉吟，一览众山小

如不动的鸟儿在画面
似乎在晃动、鸣叫、飞走了
转身，栖落在心上

刀刃

从远方来，居住在远方
紫色的花被风吹开
一个季节拖着另一个季节的尾音

我走过许多地方
鸟儿都唱着同一首歌
世界也只有一个梦想

病毒，如分崩离析的鱼池
无形的比有形的厉害
聚集的比幽居的危险

人，行走在刀刃上

盛大

盛大的声音隐匿于黑夜
盛大的爱情，从门缝走漏风声

我默读一个季节的盛大
在花朵的凋零里沉沦

我默读你
闭关，在一滴泪里

小鹿

走过千山万水仍站在原地
活过数个春夏秋冬依然活在童话里

湖边的我看见湖水中的小鹿
我摇头它也摇头
我拍打着水面，它在水中荡漾
我低头喝水时，它正在吻我

天真之歌

禅泥

我从南方带了一撮土到北方
以备水土不服时饮用

我在北方取了一小包土回异乡
以备思念发作时疗伤

那天，你加水将它们揉成一团
从此，不分你我他
没有了北方与南方

天堂与地狱

什么可以降服那头少壮狮子
又有什么可以拯救那个贪得无厌的人
你千万颗心生于卑微毁于饱满
多少人尽其一世抑制自己忿怒的国王
多少人穷其一生忏悔在世上犯下贪婪的罪行

爱与恨一直在你左右
我曾为它们诅咒与赞美
它们生于冰川死于盛夏
它们是一对孪生兄妹
它们有着各自的名字
名叫地狱的来到天堂，却看到自己仍在地狱
名叫天堂的来到地狱，却看到自己仍在天堂

请不必再去寻找
其实，天堂与地狱都寄居于你的心上

秋天

树叶惶然掉落时
触碰你宁静的湖面，未生涟漪
我迷失于秋节的忧伤

紧握手中的笔在周末暂停键上
诗跃然于纸上如子弹发出
穿梭于树林、河流与村庄
停歇在半岛小鸟的羽翼上
鸟鸣声唤醒篱笆边的蔷薇
羞红的脸泄露昨夜的心事

爱一如低头的河流
在唯我独尊的世界听命于你

我的生活

你的爱在曙光中开花
果实已在正午时分献上
从此，你不再羞愧难当

黄昏时分，倦鸟归巢
启明星从西边隐现
你又将果核埋在地里

梦话

你走进我没门的房间
在我对面坐下
我们从未说一句话
却述说了一生

你的微笑像孩子的眼睛
在静谧的夜空闪烁
又在毫无察觉时消失无痕

知了沸腾夏日的早晨
我仍然咀嚼着莎士比亚的梦话
我们的梦是用古老美学同等材料做成

无声

灵魂是你手中转动的经筒
在佛前袅绕的青烟里慢慢升腾

当撕碎的天空布满泪痕
泪已成诗，深爱却无声

我爱你

从未知道你时
有人与我说起
是爱与真理的化身

当我见到你时
看到你热爱万物
看到你饱含怜爱与赞美的眼神

当你转身离去
我泪水充盈，光芒穿越心灵
照亮黑夜里的人们

说爱

你因爱而来，因美而去
当你选择爱时你已成为爱本身

宇宙的密码就是爱
我们都是爱的化身

世界本来很简单
有爱就可以通行

云

唯有那拒绝诱惑
热爱日常的人们

才像日月星辰上行走的云
悠然自得，漫步从容

哥哥， 你不必忧伤

一个人要经历多少才能成为人
焚烧多少束缚才能获得自由
有种声音穿过耳膜
他们扭转头颅装着仍然没有听见
你要有多少双耳朵
才能听到痛苦的声音

在那闪亮的树叶与河流上
在我们的血液与骨髓之上
已刻上你的名字
我们生来只为认识与呼唤你
因你的力量使我们找到前进的方向

你孤独寂寞的内心我们早已看明
忧心忡忡，夜寐难眠
如果我们的歌声能驱散你心头愁云
我们愿是那只婉转的百灵
唯能看到你露出平静喜悦的笑容

星火

我见到黑压压的群蚁逃向天空
是你擎起的火把照亮了黑夜

我见到火焰在空中熄灭又亮起
我见到北方的人们奔走于火尖

他们投身火海在灰烬中闪烁
一点星火仿如一个燃起的太阳

向日葵

把太阳绘在纸上时
天空已栽满向日葵

把天空画成大海时
鱼儿已穿梭于云端

拾起就可以爱

爱是一棵树
根伸延到岩层，依偎大地
枝伸展到海边，拥抱大海

爱的落叶飘扬
如同磐石中的泉水
你拾起就可以爱

一片树叶

梦中，一片树叶述说着它的孤独
醒时，却成了那片含泪的树叶

我是那片泛黄的树叶，饱经沧桑
在最后冬日的炉旁，燃出春天的光芒

生命如风

你倒在光阴怀中，又将自己扶起
如水的年华消逝在风中

别再追赶
那些跑在前面的人，已不再回头

如果你知道生命如风
抵达与在途有什么不同
得与失又何必分清

迎面去拥抱自己的灵魂
从容的内心正是丰盈的恩宠

梦无痕

梦中的奇遇与梦醒的惆怅
说来亲近却又是那么疏远
在梦中获得也会在日光下消失

那些黑暗中潜伏的事物
曾在自由的世界出现

在昨晚梦里的雪地上
你转动着滑板划出的轨迹
如长鞭掠过天空

腊八节

我看见挂满树枝的杨桃
在我漫长的孤独里

我坐在午后的柔光中
我在这里和你们一样恬静

昙花一现

我从未见过昙花盛开
正如未曾见过自己绽放

老人说，今夜昙花就要开了
花朵撕裂黑夜的声音，犹如
骨头发出的响声

昙花在黑夜开放，白天凋谢
我们在光明中来，在黑夜中逝去
就像昙花遇见自己

秋后

我们赞美万物时同样为镰刀写下颂辞
镰刀在劳动中闪烁寒光
在这里刈除野草又在别处收割庄稼

踩踏的地方必定有道路通向远方
汗水洒落的土地一定会物产富饶
冬天播下的种子在春天长出耳朵与眼睛

它们听过的祝福，没有留下声音
它们见过微笑，没有任何痕迹
秋天，镰刀收割痛苦与喜悦

秋后的田野宛若我的暮年
落日苍凉步入冬天河面
仿佛黎明踩着猫的细步悄然而至

马儿

绿色的风吹拂你绿色的肌肤
你仿佛看到他牵着马从山冈走来

那匹白色的马无声地摆动尾巴
如乘风致意归来的朋友

在它熟悉的河边低头饮水
喝着水中的红房子还有那条荡漾的缰绳

它展开羽毛

我盘腿静静坐在那里
微闭的眼睛紧盯着鼻尖
气息自鼻孔到丹田自由地来回游走
自由是多么流畅而又简单
快乐又如此自然而又纯净

一呼一吸的世界没有干扰与纠缠
不知不觉地心已栖落在枝头鸟巢
小鸟静静凝视小鸟

突然，它展开羽毛向天空飞去
静谧的晨光洒落在它的翅膀、我的灵魂之上

遥远就这样形成了

自以为是的人，终将是击倒自己的人
自作多情的人，终将是束缚自己的人
你从不回头看看，那一双双企盼与爱怜的眼光
你从未听见赤裸与真实的言词
你一意孤行，远离地心
奔向天边的那束光，那片海市蜃楼

此光与彼光，此岸与彼岸
并非千里之遥，只是一念之差
愚顽的人啊，你离遥远越来越远

我欣然接受

我欣然地接受着每一件事物
我欣然地接受着每一天的到来
不管是痛苦还是快乐
得到还是失去
都只是一种感觉而已

生命的意义就是去经历
我欣然地接受着我自己
我的内心充满着坦诚、善良与爱

母亲

年轻的母亲像一个救火队员
整天奔走在村里
调解吵架与纠纷

容易焦虑的我
经常在夜半惊醒
又在母亲均匀的呼吸声中安睡

那天哥哥突然离去
母亲万念俱灰的神情
让我忐忑的心悬在半空

这一生，我不曾惧怕风雨
和命运的无常
我只怕母亲流泪的眼睛

母亲是我内心最柔软的地方
无论何时，只要听到她爽朗的笑声
我就如沐浴在万里晴空

我的情诗

(一)

我梦见秋天，残红满地
车轮碾过，幽香如故

我梦见冬天，春风阵阵
种子在泥土已张开笑脸

我梦见你，在归来的路上
今我来思，雨雪霏霏

(二)

思念
落满折叠的岁月

不染纤尘。昨夜
不知乘月几人归

多情的鸿雁，请带走
寄往云中的那封红笺

（三）

听，一颗跳动的心
它是岁月的时针
缓缓地，出入爱的围城

（四）

我们邂逅于一条街
并肩走过了几条街

在一条巷子口分别
背影在各自的脚步声中遥远

相互惦记的心，仍在
一条道路上奔跑

（五）

鸟儿为何在枝头鸣唱
只因它心里有一首歌

你为何在独自愉悦
只因心中装满了爱

（六）

我们是黑夜里的两颗星
不曾谋面，我已感觉到你的灿烂光芒

也许没有交汇相伴的那一天
但，只要你在天空转动

我的思念便不减
凝望，在每个灯火阑珊处

（七）

挂一只风铃在窗前
唤起对你的全部思念

作一首小诗于一纸红笺
字浅情深

岁月，那一只空空的茶杯
装满了你和我

（八）

爱太深，情太真
一片痴心画不成
爱情，走过千山万水

始终走不出
我为你写下的
那首浅浅的情诗

（九）

是什么寂寞了你我的言语
又是什么让我辗转难眠

一颗心黯然销魂
只因你那深情的眼睛

我的世界只有你
别无沧海桑田

（十）

爱是皂罗袍里的姹紫嫣红
是生查子里的绿罗裙

爱穿过季节，穿越时空
唯美了你与我的情

（十一）

我躺在你的五指山里
你用指头指着天空

那是北斗星，那是牵牛星……
不，那只是一块发光的石头

如同你心中的那个孩子
他爱着你，你却一无所知

(十二)

我正襟危坐地对着一座大山
如同面对着父母

一块石头滚到脚边
我把它搬到宣纸上

又在它旁边画上流水
留白处，我画上一片云彩

那是你微笑的模样
当我想你时
你仿佛会出现在我的窗口

(十三)

生活就是笔与墨的把捏
点与线的呼应与连接

峰谷的错落，山水的交融

而那个面
是阴与阳，黑与白，你与我……

或一块灰色地带
是爱情的留白处

(十四)

一幅画的表面如你的表面
而今，我把你挂在墙上

你，一直看着我
用一种怜爱的眼神

我把我自己钉在
爱情的十字架上

(十五)

一个不苟言笑的男孩
把玫瑰种满八十九号大院

盛开的花朵如展翅的爱情
带着夏日的热情奔跑

——姑娘
你若爱着，你就发光

（十六）

你说要去远方
我却等你千年归来

大漠，见到你，背影模糊
风沙，吹走我的盖头
蒙住了我的双眼

沙漠中
我如孤烟，站立成一棵相思树

（十七）

十月的歌声
在三秋桂子间萦绕

千年的深情，在你我
回眸一笑里目染香尘
暮色里，你我在
相遇的途中

（十八）

这条古老的街
今天第一次来，等我的河流
头发已经苍白

苍凉的手指，充满热情
镌刻的小刀在泥巴上来回走动

泥沫如腾起的细浪
雕刻出岁月的本色
自己的模样
爱，向你走近
君生我未生，我生君已老

(十九)

星城，我始终没有见到
一颗星出现
下雨了，又是一场黄昏细雨
莫名的惆怅，总想
在灯火阑珊处见你蓦然回首

也许，哦，那也只是也许
星辰，我对你痴情不减
明年，我还会来
直到你出现
在我的眼前

(二十)

撑一把油纸伞
你站在桥的那头

我们注视了很久
你向我走来，牵着我的手

沿着河畔走去
脸上挂满了笑容
爱情是一种纯洁的信仰
又是一场红尘作伴的修行

你不言，我不语
我们手牵手默默地走过
一排排章台柳

(二十一)

冬天的阳光很温暖
我们一起晒着太阳

这个冬天有两个季节那么长
阳光下，我们等去年的东风归来
看，千树万树梨花开

(二十二)

一只鸟在枝头，顾盼生姿
一只鸟在雪地里，悠然前行

嘤嘤和鸣的黄鸟

它们站在连理枝头
嗖的一声
双双扑向天空

(二十三)

你在月台下，挥动右手
拉响汽笛的火车远去

思念是一条长长的轨道
鸿雁传书，鱼传尺素
你我在车站各自凝望

(二十四)

石头，我走近你的纹理
如同走近我自己
我摸着你，一个爱情传说

我摸着你的冰凉
但我仍然会想到一些浪漫的事情

比如，在紫薇花开的秋天
圆月之夜，听着一首情歌
在爱人的怀抱沉沉睡去

（二十五）

真正的喜悦，来自无用的事物
比如写一首诗或爱一个人

诗是虚无的，爱也是虚无的
爱如你，是我心上的影子
每天朝我微笑

（二十六）

梦里的你，若只如初见
你站在雪地，看着远方

一个人是孤独的
而一群人也是孤独的

悲伤与纯粹的诗歌里只有你
爱情，是我全部的信仰

（二十七）

八十九号的玫瑰
是你亲手为她栽下的爱情
每日，在你心里低吟浅唱
每夜，在她大门外宁静地守候

清晨，你给花儿浇水
或剪去多余的枝叶
时而低头嗅一嗅娇艳的花瓣
如同亲吻着你美丽的脸庞

(二十八)

来你的身边
把王冠戴在你的头上
你是今夜最美的新娘
烛光前，你笑而不语
合手祈祷

来我的怀抱
人生如逆旅，携手同行
愿你归来时，仍是少女

(二十九)

把你画在纸上
把我画在纸上
一块筑成心坎的石头

你冲着我笑，一直在笑
石头，当我想你时
雨皴如梅花落满南山

（三十）

你隐身于山林或闹市
但我能看到你来去的身影

来，弹一曲雁秋词
问世间爱为何物

佛曰，爱就是爱
爱是红尘，爱是你

（三十一）

想念你——
像远去的挚友一样将你想念
未出生时你已爱上了我
出生后你便加倍地爱我

你离去时在你爱的怀抱
我沉重地抱住你的轻盈
如同抱着我孤独而又轻薄的灵魂

（三十二）

花落含香，指染夜凉
思念处，听雨敲窗

你，身影已近，如一米阳光
此时最暖

(三十三)

西湖烟雨，打湿几番相思红豆
烟火流年，只愿守一场荷花静开

无可抹去的悠悠情愫
是你低眉浅笑时的款款深情

焐热的清酒
香气袅袅升腾

(三十四)

天生银河的水，地长巍峨的山
德天帅小伙，板约俏姑娘
同说一方言，同育一种粮
归春河畔柳，凝望隔岸的她
动荡天地的瀑布，散落漫天的雪花

轰轰烈烈的爱呀
滚滚而来的情
你是红尘思念的人
山歌唱不得哟，绕在深深肠
咫尺难相聚，无夕不思量

我坐在阳光下

我坐在阳光下
一片树叶从头顶落下

在遐想的河流中，我
泛舟五湖

我亲吻过的事物

我亲吻过的事物已枯萎
天空，请再多一点蔚蓝

也许我将获得火焰
再来一次触及心灵的飞翔

凡在徒劳中消失的，都近乎爱
我从未拥有

我不再奢求什么

我不再奢求什么
生活对我的馈赠实在太多

简单的日常
是喜悦的全部

父亲

父亲数着日子说
活不到八十岁了

对着一个放弃手艺的木匠
谁也不知道该说什么

安慰也是徒劳
沉默，也许只有沉默
才是对生命最高的尊重

走，去大理

走，去大理
找一处风花雪月之地
将自己埋葬

2020 年清明

清明的雨特别多
连同世界的悲伤一起落下

细细柔柔　像母亲的轻抚
落在我的背上

我知道
土地包容着石头

寒食节时母亲会回来
把一篮热腾腾的艾粑放在餐桌上

消失在光的盲点处

时间，让我们在不断地获得中失去
在不停地前进中退回到自己

消失在光的盲点处

一个人的风景

一个人的风景
风景里的一个人
孤独的背影走在回家的路上

那是特朗斯特罗姆
最后的一次远行。那匹马直抵天庭
马头贴着天使的脸

白云深处

我在山间静坐，默读每块石头
这里，小鸟无声飞过
诗人沉默无言
雨簌，长满辋川居的墙上

宣纸上，我画远山、近岸
晓风残月
还有小桥流水
在白云深处，炊烟袅袅

鸟儿在树枝上鸣唱

鸟儿在树枝上鸣唱
它们为什么歌唱
是因新季节的到来
还是我即将远行

告别是为了归来，之前
我赶着炊烟与白云
赶着我白色的马儿
去洱海边喝水

第三次看山楂树

山楂树开满白花
又开满红花

年复一年
你来时我在，你去时我仍在

青春走了
回家的路上，万籁俱寂

声音

地面的声音持续上升
高空的声音迅速下降
我在它夹缝的河里持续游动

夜里偶尔传来恐怖的声音
我搂住酣睡的孩子
她平稳的气息助我入眠

我梦见天空飘着一只风筝
一道白色的光，突然
关闭了一群孩子的笑声

鱼儿

一条鱼以王者的姿态
在鱼池占领一席之地
其他鱼儿成群结队地在它周边徘徊
总想找个机会涉足那座岛屿

如今，它们如愿以偿地在那里愉悦游动
那个被捕捉在漏网里的王
在狭窄的水面挣扎着要冲破囚网
不断翻腾，转身，发出抗议的声音

我小心翼翼地将它放回鱼群
鱼儿们高兴得摆动尾巴欢快追逐
看着这些鱼儿的样子
其实与我的童年没有什么不同

消失的泥

我们被一双大手牵着
来到这个陌生的世界

他们转身消失在旷野上

恩典

白雪覆盖着大地
万物在新衣裳里安睡

一颗种子在母亲怀抱
梦见自己长出双耳与躯干

雪还在下
那是一层层的日子

自我

失去的脚印会在归家路上出现
自以为是的人会在自我中迷失

那不断追逐的人
在黑夜前停住了脚步

清明

凡在心中响起的都不会消失
在四月的雨中，我看到了你

唯有丰盈的生命
仍在照看着往昔的人与事

如同天使飘然而至
在一片寂静中

在万安园的墓碑侧
我仿佛听到你读诗的声音

自律的人

鲜血从脚背流过干涸的河床
让坚强在痛苦中长成

谁给予自己痛击，就能承受他人的痛击
自律的人，是敢于对自己施下刀斧的人

在水一方

年关，比往年显得安静
唯有鱼池，在庭院里撒欢
水的欢乐，是新年的欢乐

梦中，母亲站在白色的昙花丛中
我们一起听，花开的声音

浅笑

我看到你在冬天的河水里游动
山头从水中冒出
呼吸系着远方
听母亲说你从小皮肤白皙

是的
一对白色的翅膀拍打我沉睡的窗棂
——阿斯加
你很早前去了大海边
怎会在家乡的小河旁浅笑

因爱而活

你说不知因什么感动
双眼常含泪水
你说心里装满爱
就能容下一切
你说那个装睡的人无法叫醒
为何你从未停止呼唤

当一双眼睛走不进另一双眼
岂能走出黑夜
当一双手牵不到另一双手
岂能走向远方
如果一切从未发生或已成过去
无所谓是非执着
只因爱而活

上升时

你犹如一只吹大的气球
当批评的针尖投向你
你会慢慢泄气，甚至一蹶不振

当赞美的言辞，继续吹大你的身体
你会很快爆炸成碎片
你呀，大得很渺小
坚强得很脆弱
刚上升，又迅速下降

因为春天

三月的北京，还有点冷
但她已山水复苏，万紫千红
多少梦在叶片间、在空气里，向我们招手、慰问
多少爱和责任，在我们的心头如百鸟婉鸣
然而我们来了

从流水线上来
从一砖一瓦里来，从硬茧和汗水的味道里
带着五湖四海的辛劳，我们来了

那昔日的陌生，其实早已变得熟悉
因为我们拥有同样的阳光、雨露和春风
我们拥有同样的迷茫、挣扎与苦痛

我们在各自的脚手架上，攀登、竞技、失败与成功
我们曾经惊恐、羡慕，渴望鲜花和掌声
虽然秋风横扫落叶又归于严冬

但现在，我们平静，波澜不惊
因为每一颗种子要在泥土里发芽
因为春天，总在那里等待

十四楼的女人

你，为一根疼痛的肋骨祈祷
为更年期的男女祈祷
为昨天死亡的邻人祈祷

十四楼的女人
如十四夜晚最美的月亮
你是上帝的眼
安放在我的心上

喝孟婆汤

一声吆喝
喝孟婆汤啦，五元一碗
文珍说，前世在奈何桥上喝过
让我们轮回于痛苦中
别喝了吧，记住了前世又忘了今生

我眨了眨眼睛
仰头，一口将它喝下
眨动的睫毛如拨动的琴弦
爱我的人与我爱的人
在我的琴弦上，一一失踪

庚子春月

今年，人们说起就落泪的一年
病毒，肆意生长
但花朵如期盛开

春天的口罩闪着寒光
春天的天空不下雨，只落下忧伤
林子里只站满了乌鸦

春天的伤口

这个春天太长
尽管枝头的枇杷早已成熟
但是无心摘取
一些掉落地面的果实，有鸟儿啄食的痕迹

清明时的雨淅淅沥沥
断魂的行人不断
春天的伤口实在太深，太宽
难以包扎

四月四日悼文亮

十点，默哀
白色的长褂，如飘动的旗帜
三分钟，敲响丧钟的三分钟

疫情如黑云压城
人类在灾难中死亡与前进
恐惧的春天，哀其不幸

天空与大地低下了头
叫嚣的世界低下了头
人，低下了头

年初七，人日

上帝在第七天创造了人
我学画的第七天，画了一座山
哦，它更像鸟、蝙蝠与一张世界地图……
那天，正是 12 月 8 日

一个不经意，而几乎遗忘的一天
但，又被世人永远地记住
一场病毒开始侵袭人类
我们在口罩下沉默或忏悔

怀念，12 月 8 日前的幸福
自由地行走与呼吸

神佑

难道你所要的祭祀，就是我们忧伤的心灵
我们是你不屈与苦难的人子
神啊，请你用怜悯之心庇护我们

我们依靠你，才得以健康与喜乐
你是我们的磐石与避难所
请用你的脸，照亮黑暗的城市与村庄

有人，在水火中呼救
在病毒的空气里逃离，惶恐不安
还有一群敢于赴死的医护人员
祈求你，全能的神
请伸出你的神手将我们拯救

摘下我们脸上的口罩
抹去我们眼角的泪水
在新旧交替之际
我们一路歌颂你的仁慈与恩典
幸得你的慈爱，平安与喜乐

要有光

上帝说，要有光
于是，你一直坐在光里
与光对话，与光游戏
光，投射在墙体、地板、衣服、脸上……
如符号与图画或偏旁部首

光，在无声中道出生命的真相
每天，你坐成一种喜悦的姿态
在阳光下或炉火旁
看书、聊天、喝茶、添柴……

时而点着一根烟或一首诗
让它们成为灰烬使者
你在光中说，真真，你是第一个
帮我寻医问药的朋友

2020 年广州新年诗会

用爱来完善爱的人，没有嫉妒
用记忆来唤醒爱的人，没有沉睡
在玄听与幻视的世界里
船、帆、鱼、渔网、风暴、大海与爱人……
还有海鸥，飞过头顶的轻盈

当爱的呼唤穿越死亡
灵魂在轮回的路上
当精灵的诱惑接近你
唇瓣紧贴你的双唇
就可能抵达你生命所在

库可兰，从海水与死亡的坟茔走来
带着他的伤与悔恨
来，伊美尔，牵着我的手
我们一起走进家门

一池鱼

一池鱼，在水中自由游动
一池鱼，在渔网里
无法转身
一池鱼死于这个冬天

农民，蹲在池塘边许久，许久……
流出鱼的眼泪

朗诵

鸟语花香的院子里
有人在玩牌、聊天、洗菜、做饭、读诗……
他说没有看懂蓝蓝的诗，突然
一声朗诵，含着桂花的清香走来
宽阔深远，而富有磁性

请，腾空你的躯体
让人的灵魂住进来
他，听懂了这首诗
听懂了这个冬天

恬静无为

离你们越远
但离天堂更近
如一朵高原的格桑花

在阳光下，风雨中摇曳
或繁华与寂寥
或爱与不爱

活着，于虚空中
恬静无为

尘埃落定

海伦，一个失去嗓音的女人还在歌唱，她说
唱完最后一首歌她就走了

听，一匹骏马腾空的嘶鸣
那是灵魂结伴而去的呼唤
寂静，喧嚣过后的寂静

诗人，因爱上秋天的伤感，才来到人间
远去的，早已尘埃落定

大地的儿子

在渴望中失去的，在宁静中拾回
菜地在最后的一次松土与除草后
他松了口气

阳光照亮着他古铜色的皮肤
静谧的岁月，在他汗水里流淌
他弓着的身子
像一道彩虹

牵着她的手

她掰着手指计算着时间
盐一样的头发在暮色中燃烧
一个死于安乐的儿子
却抛下生于忧患的娘

孙子牵着她的手
如同牵着自己的童年
漫步在落日余晖里

松雪梅

我言秋日胜春朝，十月的高原
正是松雪梅怒放的时节
穿越注视，从虚无中走来

阳光下，你站立成一个季节
烂漫、美丽、认真、严肃与庄严
活着，于宠辱之外

活着的正在腐烂

一个人的疯狂是一个世界的疯狂
杰克逊在舞台上，舞动与歌唱
在月光下凌波微步
在狂风暴雨中，直抒胸臆

他，一个急转身，喧嚣继续上升
我并不相信死而复生
但我始终相信
有的活着的正在腐烂

猫与瑜伽猫式

猫的自由，是猫的全部
它温顺地趴在灶台上
它柔弱的叫声，以及半眯着的眼睛
足以说明，它是最易捕捉人类心灵的动物

母亲经常将剩饭拌鱼肉或鱼骨给猫吃
我曾问母亲，猫为什么喜欢吃鱼
我也曾纳闷，鱼刺为什么卡不到它的喉咙
这些疑惑伴随我长大

每到春天，它的叫声像小孩般哭泣
特别是深夜或黎明时分，令人毛骨悚然
我曾见过两只猫，因一条臭鱼
愤怒地相持不下

我还见过它敏捷地将一只老鼠按在地上，动弹不得
每当猫尾与头抬高时，脊椎
筑成一条源头活水的渠道
猫式，一个女人的瑜伽
惟妙惟肖的一只猫

不再执着

黑夜覆盖着所有真实
白天人们把自己武装起来
红尘的内心玄机重重
一个输光所有技巧的人
已遁入山林

你说世间的道路千千万万
而我们只会在通往天堂的路上相见
超度的声音逼近
自己与自己相逢的时刻
也不再执着

年末

年末，落下最后一锤
受伤的右手，在寒风中疼痛

血肉始终敌不过钢铁
他不爱自己更难爱别人

一意孤行的性格
是他独有的特征

过去了的人

当人们把你死亡的消息，奔走相告时
你已站在乘风致意的岸边

你把圆满捏碎
人们又将碎片，凝成白色花圈
摆放在殡仪馆里

面对一场追悼会
面对一切虚假与虚无
你有多丑陋，就该有多真实

脱口而出

人们只因活着而活着
在鸟语花香的院子里

一杯茶，一池鱼，一树花
一首诗，脱口而出

女人

我认识的女人都像天使，她们
初次来到我的院子里，惊喜不已
花与诗书使他们陶醉

他们微笑着拿起一本诗集
便放下了红尘的，是是非非

诵读的声音很轻、很低
低到尘埃里，开出朵朵格桑花